诞生在世界的新奇中

费尔南多·佩索阿诗选 卡埃罗卷

[葡]费尔南多·佩索阿 著

黄茜 译

作家出版社

前　言

　　费尔南多·安东尼奥·诺格拉·佩索阿（Fernando António Nogueira Pessoa）是 20 世纪著名的葡萄牙语诗人。在葡萄牙，人们将他与民族史诗《卢济塔尼亚人之歌》的作者路易斯·德·卡蒙斯相提并论，称他为"现代的卡蒙斯"。极富影响力的美国文学批评家哈罗德·布鲁姆在《西方正典》中把他叫作"令人惊奇的葡萄牙语诗人"，"此人在幻想创作上超过了博尔赫斯的所有作品"。俄国杰出的语言学家罗曼·雅各布森也说："费尔南多·佩索阿应当与八十年代的大艺术家相提并论，如斯特拉文斯基、毕加索、乔伊斯、布拉克、赫列布尼科夫、勒·柯布西耶，因为费尔南多·佩索阿集这些伟大艺术家的特点于一身。"

　　费尔南多·佩索阿 1888 年出生于里斯本。7 岁丧父，后跟随母亲的改嫁远赴南非。他最初也是决定性的教育接受自南非的英文学校，最早的作品也用英文写成。佩索阿 17 岁那年带着复兴葡萄牙文学的雄心回到里斯本。他本打算在里斯本大学学习文学，但很快辍学并利用双语优势谋到了一份为公司写外文信函的固定差事，一生以此为业。

在默默无闻的小职员以外，佩索阿更重要的身份，则是诗人、刊物编辑、文学运动的发起者、追随者众的 20 世纪早期葡萄牙现代主义诗坛领袖。在 20 世纪前三十年，现代主义诗歌运动在西方世界风起云涌，葡萄牙诗坛也受到先锋理念的影响与感召。佩索阿曾创办杂志《俄耳甫斯》（Orpheu），作为他发明的流派"感受主义"（Sensacionismo）、"交叉主义"（Intersecçionismo）的阵地。《俄耳甫斯》被迫停刊后，佩索阿又为《未来主义的葡萄牙》（Portugual Futurista）等文学刊物担任编辑、撰稿。他还办过一份商业杂志，写过一份宣扬君主制的小册子。

但佩索阿远非未来主义领袖马里内蒂那样的行动家，更是一个躲在书斋里发明、计划和虚构的大师。《未来主义的葡萄牙》停刊之后，佩索阿基本退出了葡萄牙诗坛的现代主义运动，写作也向强调"对感受力的意识"的个人诗学回归。他的后期诗歌贯彻了最初的理想：朦胧、精确、复杂。同时，一个主题开始反复出现：主体的分裂——从"我"的当中分离出很多人，"我"不是我自己，永远是另一个。佩索阿生前只发表了包括组诗《牧羊人》在内的少部分诗作，出版了葡语诗集《使命》和另一部英语诗集。1935 年，当年仅 47 岁的诗人因肝病恶化去世，人们在他的抽屉里发现无数纸片，除诗歌外，还有评论、随笔、运动宣言，以及其他未竟的写作、出版、编辑计划，显示出一个"略小于整个宇宙"的心灵的全部浩瀚。

在其短暂的一生里，费尔南多·佩索阿创造了七十二个异名者和半异名者。这些虚构的角色，有图书管理员、公司职员、医生、机械工程师、哲学家、占星术士……他们写诗、戏剧、小说、散文，也写各类政治、社会、宗教及文学类评论，他们构成了独属于佩索阿的宏丽的二次元宇宙。佩索阿曾说："多样性是丰产的唯一借口。没人有理由写二十本书，除非他能写得像二十个不同的人。"这也正是他卓然有别于其他现代主义诗人的地方——他创造了诗人而并非仅仅创造了诗。

阿尔贝托·卡埃罗（Alberto Caeiro）的到来是佩索阿自我探索旅程中神启式的时刻。1914年3月8日，毫无征兆地，佩索阿走到一张高桌前，抓起纸笔开始写诗。"我在一种难以描述的迷狂中写了30首诗。这是我一生中的凯旋日。再也不会有那样一天。我从一个标题——《牧羊人》开始。然后就像是某人的神灵进入了我，我立即给了他一个名字——阿尔贝托·卡埃罗。……"佩索阿完全为崭新的创造力所激动，拜倒在这位虚构的诗人脚下，"我的主人已经向我显形。"

组诗《牧羊人》（*O Guardador de Rebanhos*）毫无疑问是这一时期的杰作。它以舒展、放松的自由诗体写成，拥有单纯的音调、明晰的意象和出人意料的巧妙修辞。

牧羊人（O Guardador）是诗中的第一人称叙述者，它指涉了至少三重身份：田园牧歌中的牧羊少年；诗歌的虚拟作者阿尔贝托·卡埃罗；基督教隐喻里的"上帝"，羊群是他的子民。卡埃罗是佩索阿诗学创造的中心，被其他的异名者呼为大师和源泉。可牧羊人形象却与传统的田园牧歌中的形象相悖，"我"并非爱恋中的少年，而是居住在山巅的隐士，一个与工业文明相对立的存在，自然制造的"人形动物"，"唯一一个自然的诗人"。

《牧羊人》不是描写的诗歌，也不是抒情的诗歌，而是分析的诗歌。它是流连山野间的牧羊人对自身存在哲学的反复阐释和辨析。牧羊人是一个反对思考的思考者，坚称花朵是花朵，石头是石头，树木是树木，自然就是如其所示的自然——事物除了它们自身，什么也不是。他以感受代替思考，"我思考以眼睛与耳朵，/ 以手和脚，/ 以鼻子和唇"，"思考一朵花便是凝望她与嗅到她 / 尝一只水果便是领略了她的意义"。

与一个孩童形象、总是在微笑和玩耍的基督同行，是他作为诗人的日常。也因此，他的最微渺的目光也充满了感觉，最轻微的声响，无论来自哪里，也似乎在向他言说。

而在所有感官当中，"看"是第一位的。"重要的是懂得如何去看，/ 懂得去看而不思考，/ 懂得去看，当你自发自愿地看着，/ 当你自发自愿地看着而不思考，/ 在思考时也不要看。"因为，"看"是我们唯一的财富。

在真实以外，人类文明创造的一切概念，所有知识，都是虚假的或不必要的。因为，"美是某种不存在的事物的名字 / 我用来交换事物给予我的快乐"。

在《恋爱中的牧羊人》和《散佚的诗篇》里，卡埃罗继续书写相同的命题：爱自然，但不多愁善感；人与万物平等，"我"并不比一朵花更有价值；而我们活着先于推究哲理，存在先于知晓存在，"在成为内在的之前我们首先是外在的，／因此我们本质上是外在的"。纯然的外在性就是纯然的真实。

佩索阿在1935年的一封信件中，给出了一份卡埃罗的生平："阿尔贝托·卡埃罗生于1889年，死于1915年。他出生在里斯本，然而一生几乎都住在乡下。他没有职业，也几乎没有受过什么教育。……卡埃罗中等身材，虽然他的确很羸弱，却并不像以前那样弱了。他死于肺结核。"

在另一位异名者阿尔瓦罗·冈波斯的长文《回忆我的导师卡埃罗》中，也提到卡埃罗有湛蓝的眼睛，平静的希腊式前额，清澈舒缓的声音。由于卡埃罗的诗歌先于"诗人"到来，这生平或可看作对诗歌的注解。卡埃罗的外形，独立于文明的经历，和"刻意的"早夭——死于26岁，都让他看来像一位19世纪的浪漫主义诗人——譬如济慈。尤其巧合的是，他还死于"肺结核"这种极度浪漫化的疾病。

奥克塔维奥·帕斯做过一个简洁的概括："卡埃罗是太阳，他的轨道上运转着雷耶斯、冈波斯和佩索阿。"假如把卡埃罗看作浪漫主义诗歌的代言人——当然，是一种经反思和检讨的浪漫主义，否定的浪漫主义或者浪漫主义的反面——那么佩索阿的全部诗歌创作都可以看作是对浪漫主义的抵抗式怀旧，或怀旧式抵抗。在卡埃罗，这个虚拟的浪漫主义父执的影响下，又诞生了阿尔瓦罗·冈波斯（Alvaro Campos），机械工业时代的感受力的歌者；里卡尔多·雷耶斯（Ricardo Reis），现代社会庄严沉郁的贺拉斯；以及费尔南多·佩索阿（Fernando Pessoa），追求复杂与多样性的戏剧的抒情诗人。

正如库切所言："强大的诗人总是创造他们自己的世系，并在这个过程中重写诗歌的历史"。费尔南多·佩索阿正是通过异名的诗歌书写，创造了一个想象的世系，一段丰饶奇异的葡萄牙现代主义诗歌传统，并由此改写了20世纪葡萄牙乃至整个西方世界的诗歌史。一个世纪过去，异名者所持的创造力的光焰，依然能将每一个靠近他们的心灵点燃。

阅读和翻译卡埃罗的诗歌，就像在一个风和日丽的日子，独自漫步在原野上；或者在大雨滂沱的日子，赤脚奔过无人的积水的街道——处处感觉陌生、新鲜与震撼。阿尔贝托·卡埃罗是自然的、本质的诗人，对他而言，知识、观念、意义、修辞……都是无效的，"天真无知"才是可贵的本真状态。他像一个诗歌的"亚当"，"每一刹那都诞生在世界的永恒的新奇中"。透过卡埃罗的目光，我们似乎也在目击一个崭新的世界，它褪去了知识的迷雾与文学的伤感和夸饰，还自然以原本的模样——单纯而伟大，朴素而坚实。透过这些诗行，我们也得以重新认识山峦、树木、花朵、河流、雨水……重新校准自己与自然的关系，看见、领受，爱她而不思考她，"因为爱恋者从不知晓所爱为何物"，"爱是永恒的天真无知"。

这本诗集里收入了近百首费尔南多·佩索阿以阿尔贝

托·卡埃罗之名撰写的诗作，分为《恋爱中的牧羊人》《牧羊人》和《散佚的诗篇》三个部分。译作主要以费尔南多·卡布劳·马汀斯（Fernando Cabral Martins）和理查德·泽尼茨（Richard Zenith）主编的《阿尔贝托·卡埃罗诗选》（*POEMAS ESCOLHIDOS DE ALBERTO CAEIRO*）为底本。由于佩索阿留下无以计数的手稿，当中不乏未完成之作，更有一些作品字迹潦草难以辨认。因此，后世出版的佩索阿诗集，几乎全有赖于编者的耐心与智慧，体现了编者自身的美学考量。《阿尔贝托·卡埃罗诗选》虽不全面，却是一个收入了归于卡埃罗名下最好诗作的可信赖的选本。

对佩索阿的阅读和翻译始于我 2006 年左右在北京大学外国语学院世界文学所攻读研究生期间。感谢我的导师胡旭东让我接触到这位优秀的葡语诗人，也感谢闵雪飞老师无私地指导我这个"编外"的葡语学生。此后十多年，这份译稿一直保存在我的电脑里，沉寂而懒散。感谢作家出版社的编辑赵超，在他的大力支持下，它才最终得以付梓。

黄茜

2022 年 2 月 10 日

恋爱中的牧羊人

1

当我未曾拥有你

我爱自然如同一位沉静的修士爱基督……

此刻我爱自然

如同一位沉静的修士爱圣母玛利亚，

以我的方式，虔诚地，

但更动人也更直接。

当我和你一起，穿过原野

走向河岸，我对河流看得更清楚；

坐在你身边凝望云朵

也更能体察细微……

你不向我索要自然……

也不为我改变自然……

你将自然带到我的近旁。

因为你的存在，我更好地发现了自然，但那却是同一个自然；

因为你爱我，我以同样的方式爱自然，却爱得更多；

因为你选择了我拥有你和爱你，

我的双眼在万物上

停留得更久。

我不后悔从前的我，

因我依然如是。

我唯一后悔的是，从前未曾爱你。

1914.7.6

2

春夜，月亮高悬。
我想念着你，内心感到完整。

一阵轻柔的风奔过旷野抵达我。
我想念着你，低语你的名姓，而我不是我：我是幸福。

明天你将到来，和我一道漫步原野，采摘鲜花，
而我将与你漫步原野上，看着你采摘花朵。

我已看见你明日采摘鲜花，共我漫步在原野上，
但明日，当你到来，真正地共我漫步并采摘花朵，
这于我将是新奇和欢喜。

1914. 7. 6

3

我对香味发生了兴趣

因我此刻感觉到爱。

此前，我从未感兴趣于一朵花拥有芳香。

如今我感觉到花朵的香气，如目睹一件新鲜事物。

我当然知晓它们散发芬芳，正如知晓它们存在。

这些是从外部知晓的事实。

但此刻我知晓了，通过大脑后部的呼吸。

今天，花朵于我滋味鲜美，在一阵被嗅出的味道里。

今天，我有时醒来并闻到，先于观看。

1930.7.23

4

爱是一个伴侣。

我已不知如何在道路上独自行走，

因我已无法独行。

一个可见的思想让我走得更快

却看得更少，与此同时我喜欢在行走中看见所有。

甚至爱的缺席也与我如影随形。

我如此喜爱它，以致忘了我如何渴望它。

若我不能看见它，我便想象它，而我强壮如那些高大的树。

但若我见着它，我会颤抖，不知晓在它的缺席中我的感觉

发生了什么。

整个的我是某种将我抛掷的力量。

整个的真实望向我，如一枝向日葵，脸儿嵌在花盘中。

1930.7.10

5

恋爱中的牧羊人遗失了曲柄杖。

绵羊在斜坡上四散，

思索良久，他没有吹奏随身携带的长笛。

没有人在他眼前出现或消失……他再也寻不回他的曲柄杖。

另一些人，一边咒骂他，一边帮他将绵羊唤回羊圈。

终究，没有人爱他。

当他伫立在斜坡和谬误人的真理上，他看到了一切：

宽广的峡谷充盈着同一些斑斓的绿意，

宽广而绵长的山峰，比任何情感更真实，

他看到整个的现实，连同天穹、空气和存在着的原野，

他感到空气再一次在他胸膛里撕开一种自由，带着疼痛。

1930.7.10

牧羊人之歌

1

我从未看守羊群，

却似乎守护过它们。

我的灵魂仿佛一个牧羊人，

熟悉风与太阳，

与四季牵手同行

去追随，去观赏。

旷无人迹的自然整个的宁静

前来坐在我的身旁。

我心怀哀伤，仿佛我们想象力里的

一次日落，

当它在原野深处冷却，

你能感觉夜晚闯入

宛如一只蝴蝶穿过了窗户。

但我的哀伤是安宁的，

因为它自然、恰当，

是灵魂里所应有的，

当哀伤思考着存在，

而不去留意双手摘下了花朵。

如同那边道路拐弯处

一阵铜铃喧响，

我的思索是满足的。

只可惜我知晓它们的满足，

因为，若我对此一无所知，

它们将喜悦而满足，

而不是这样又满足，又悲伤。

不舒服的思考像在雨中行走，

当风大起来，雨似乎还要继续。

我没有愿望和野心，

做一个诗人并非我的野心，

它是我独处的方式。

若有时，我渴望

在想象里，做一只羊羔

（或整个羊群

四散在斜坡上，

同时成为许许多多愉快的事物），

那只是因为我感觉到我在日落时分写下的诗歌，

或者当云朵之手在光线上掠过，

一团寂静在户外的草地飞驰。

当我坐下来写诗，

或者，当我漫游于山路或小径，

把诗行写上思索的纸页，

我感觉手中持有牧人的曲柄杖，

而我的身影

显现在小丘顶端，

凝视我的羊群，看望我的思想，

或凝视我的思想，看望我的羊群，

模棱两可地微笑着，仿佛某人并不懂得什么被言说，

又想假装懂得。

向所有可能阅读我的人们致意，

摘下我的宽边帽，

当他们看见我倚在门前，

公共马车正驶向山顶。

向他们致意，愿他们拥有阳光和

雨水，在雨水被需要的时候，

而在他们的屋子里

一扇打开的窗下

有一把被主人宠爱的椅子，

他们坐在那里，阅读我的诗歌。

他们读着并想象我

是某一种自然的事物——

比如，一株老树

在它的浓荫下，当孩子们疲倦了玩耍，

砰一声坐下，用带条纹的罩衫袖口

擦拭滚烫的额头上的汗珠。

2

我的视线清澈似一枝向日葵。

我习惯沿着公路行走，

看看左边，又看看右边，

时不时，还看看身后……

每一时刻我瞥见的

都是从前未曾见过的事物，

我懂得很好地留意它们……

我懂得保有婴孩般的惊愕，

若她刚一出生，便觉察到

自己真的已经出生……

我感觉自己每一刹那都诞生在

世界的永恒的新奇中……

相信世界如同相信一朵金盏花，

因为我看见它。但我并不思考它

因为思考并非理解……

世界不是用来给我们思考

（思考是眼睛的疾病）

而是用来给我们看，并让我们赞同。

我没有哲学：我有感官……

若我说起自然，不是因为我懂得她，

而是因为我爱她，为此而爱她，

因为爱恋者从不知晓所爱为何物，

也不知晓为何而爱，也不知晓怎样去爱……

爱是永恒的天真无知，

而唯一的天真无知是不假思索……

3

时近黄昏，趴在窗口，
歪歪斜斜地，心知面前有一片田野，
我阅读《瑟萨里奥·维尔德之书》
直到双目灼热。

我多么为他感到遗憾！他是一个
被城市的自由缚住的乡下人。
但他注视屋宇的方式，
他打量街道的方法，
他观察事物的态度，
一如某人注视树木，
一如某人垂下眼睑盯着行走其上的街道，
边走边打量沿田野绽开的花朵……

因此他有广袤的悲伤，
他从未很好道出的悲伤，
他走在城市里一如某人没有走在田野中，
他的悲哀仿佛在书页里压扁鲜花，
在陶罐中放入植物……

4

这个下午一场雷雨

沿低矮的天空的斜坡降下

仿佛一块巨石……

仿佛某个高处的窗户里的谁

在使劲拍打一张桌布,

而碎屑们轰然坠落,

发出嘈杂的声响,

雨自天空尖声叫喊,

染黑了道路……

当闪电震颤空气,

并摇撼空间,

仿佛一个巨大的脑袋晃动着说不,

我不知为什么——我并不惧怕——

开始想要向圣·芭拉芭拉祈祷

仿佛我是谁的老姑姑……

啊,向圣·芭拉芭拉祈祷

让我感觉自己比从前以为的

更要单纯得多……

感觉自己熟悉、简朴，

安静地度过时光，

如同小庄园里的一堵墙；

为了拥有思想和感情而拥有它们

如同鲜花拥有颜色和清香……

感觉我是能够相信圣·芭拉芭拉的某人……

啊，能够相信圣·芭拉芭拉！

（相信圣·芭拉芭拉存在的人

会猜想她是有形的人类，

或者，将如何猜想她？）

（多么矫揉造作！那些花朵，

树木和羊群，了解

圣·芭拉芭拉的什么？……树木的柔枝

若能思考，也绝不能

构造出圣人和天使……

兴许它会认为

太阳恒久照耀，一场雷雨

是愤怒地砸向我们头顶的

人群……

啊，人类中最淳朴者，

多么病弱，浑噩，愚不可及，
在树木和植物
明晰的单纯和存在的
强健近旁！）

而我，想着这一切，
再一次觉得不那么幸福……
觉得阴沉，病态和忧郁
如同整整一天孕育着雷雨，
甚至到黑夜仍未降临。

5

有足够多的关于什么也不思考的形而上学。

我对世界有什么想法?

我怎么知道我对世界有什么想法!

若我病着,我许会思考它。

对事物我有怎样的观念?

对原因和结果,我如何看待?

关于上帝,灵魂和天地万物,我有

怎样的冥思?

我不知道。对我而言,思考这些就是闭上眼睛

不去思考。就是我的窗户上

帘幔飘动(但她并没有帘幔)。

事物的神秘?我不知晓何谓神秘!

唯一的神秘是有人在思索神秘。

有人伫立在阳光里,闭上眼睛,

开始忘记什么是太阳,

开始思想许许多多温暖的物体。

但他睁开双眼,看见太阳,

便再也不能思考，

因为一道阳光，远比哲学家和诗人们的

冥思苦想更值钱。

一道阳光不知晓自己的作为，

因此它远离谬误，平常而美好。

形而上学？那些树木有什么形而上学？

一种生长得碧绿、繁茂、枝叶舒展的形而上学，

在成熟时结出果实的形而上学，这些并不教我们思量，

因我们从不懂得用心留意它们。

然而什么形而上学比它们的更好，

不知晓自己为何存在，

也不知晓自己的无知？

"事物的内在结构"……

"宇宙的内在奥义"……

一切都是谬误，一切不值一提。

思考这些是叫人不可思议的。

仿佛沉思理智和终局，

当天色微明，在树木的近旁

一道隐约、光洁的金线遁入暗影。

思索事物的内在意义

是在增添意义，如同思考身体，

如同将杯子靠近泉水。

事物唯一的内在意义，

是它们没有任何内在意义。

我不信上帝，因为我不曾见过他。

若他希望我相信他，

无疑他会前来，与我谈话，

他会径直走进我的家门，

对我说，我在此地！

（这听起来或者有些滑稽，

对某些人而言，因为不懂得如何观看事物，

他亦不能理解有人在说起事物时

为了阐明它们，以注视的方式言说。）

但如果上帝是花朵，树木，

山峦，太阳和月光，

那么我就相信他，

每时每刻我都相信他，

而我的生活整个地是一次祷告，一次弥撒，

一次看与听的圣餐仪。

但如果上帝是花朵，树木，

山峦，太阳和月光，

为什么我要叫他上帝？

我就叫他花朵，树木，山峦，太阳和月光；

因为，若他是如我所见的

太阳，月光，花朵，树木和山峦，

若他在我面前显现如树木，山峦，

月光，太阳和花朵，

便是他想要我把他认作

树木，山峦，花朵，月光和太阳。

这样我便服从了他，

（我能了解上帝比上帝了解自己还要多？）

服从他，自发自在地生活，

如同某人睁开眼睛看，

把他叫作月光，太阳，花朵，树木和山峦，

爱他而不思考他。

思考他并观看与聆听，

时时刻刻与他同行。

6

思索上帝就是背弃上帝，

因为上帝并不要我们认识他，

为此他不向我们显现……

让我们单纯沉静，

如同树木和小溪，

上帝将会爱我们，把我们塑造为

我们，正如树木是树木，

小溪是小溪，

他将赐予我们春天的柔绿，

以及一条河流，通向我们的终局……

此外不再赐予更多，因为给予更多意味着将我们从我们中窃取。

7

从我的村庄我看到在大地上所能看到的全部宇宙……
因此，我的村庄与任何别的土地一样广阔，
因为我之为我，取决于我之所见的尺度
而非我所在的高度……

城市里的生活，比我在山顶屋宇的生活
要狭窄得多。
城里的广厦锁闭了视野，
隐匿了地平线，将目光驱离天空，
把我们变渺小，因为剥夺了眼睛能够摄取的一切，
让我们变贫穷，因为我们唯一的财富就是看。

8

在一个暮春的正午
我做了一个照片般的梦
我看见耶稣基督降临大地。

他来到一座山的斜坡上
再次变成一个孩童，
在草地上奔跑、翻滚
将花朵连根拔起又扔掉
放声大笑，很远都能听闻。

他从天空逃逸。
他是我们的朋友，难以伪装成
三位一体中的第二位。
在天堂里，一切都是谬误，一切都与
花朵、树木和石头不相协调。
在天堂里，他总得保持严肃
不时地，他又变回人形
爬上十字架，保持死亡的状态
头戴荆棘编织的花冠
双脚被一支带有尖头的长钉穿透

腰上围一圈破烂衣衫，

仿佛画报里的黑人。

他们甚至不让他拥有父亲和母亲

和其他的小孩一样。

他的父亲有两个——

老的那位叫约瑟，是个木匠，

并非他的生父；

另一个父亲是只愚蠢的鸽子，

世界上唯一的一只丑陋的鸽子，

因为它既不属于世界，也不是鸽子。

他母亲在生他之前没有恋爱过。

她不是一个女子：而是一只手提箱

它装着他从天空而降。

他们希望他，仅仅诞生自母亲的他，

从没有父亲可以敬爱的他，

去宣扬正义和良善！

一日，当圣父在打盹儿

而圣灵正忙于飞翔，

他从奇迹之匣里盗走了三个奇迹：

第一个奇迹使得没人知道他的叛逃，

第二个奇迹让他永远变成人类小孩的模样，

第三个奇迹创造了一个永远钉在十字架上的基督，

留他在天空的十字架上布道

并做世人的楷模。

然后，他逃向太阳

沿他抓住的第一道光线向人间滑落。

今天，他在我的村庄里和我共同生活。

他是一个笑起来很漂亮的，自自然然的小孩。

用右手臂揩鼻子，

在小水坑里戏水，

采摘花朵，爱慕她们又忘记她们。

向公驴扔石头，

从果园里盗取果实

哭喊尖叫着逃离恶犬。

心知她们不乐意

而所有人又都觉得有趣，

他跟在一群走在公路上

头顶着水罐的女孩们身后奔跑

冷不防掀起她们的裙子。

他教会了我一切。

教我如何观看事物。

指给我看花朵中蕴藏的东西。

向我展示石头的优雅可爱

当一个人将它们捧在掌心

缓缓地将其凝视。

他跟我讲了许多上帝的坏话。

说上帝是个愚蠢的、生病的老货，

总是朝地上吐唾沫

说下流话。

圣母玛利亚将永恒里的所有傍晚用来织长袜。

圣灵用喙挠搔自己

栖息在椅子上并把它们弄脏。

天堂里的一切愚不可及，如同一座天主教教堂。

他告诉我上帝对他创造的

万物一无所知——

"若万物由他创造，这一点我没有把握"——

"譬如，他说，万物歌唱他的荣耀，

但万物什么也不歌唱。

如果他们歌唱，就变成了啼啭的鸟。

万物存在，除此无他，

因此才被叫作万物。"

接着，厌倦于声讨上帝的不是，

孩童基督在我怀里睡熟

而我把他抱回了家。

…………

他和我一起住在半山腰的房子里。

他是永恒的孩童，缺位的神。

他是一个自自然然的人类，

一个微笑和玩耍的神祇。

因此，我心中确信

他就是真正的童年的耶稣。

这如此宽厚又具有神性的小孩

正是我作为诗人的日常，

因他总是与我同行，我便总是一个诗人，

我最微渺的目光

也充满了感觉，

而最轻微的声响，无论来自哪里，

也似乎在对我言说。

和我同居的这个崭新的孩童

一只手伸给我

另一只手递给万物

如是我们三个在可能的道路上行走，

跳跃、歌唱、大笑

享用我们共同的秘密，

这秘密便是知晓在世界的任何地方

没有神秘存在

而一切全然值得。

永恒的孩童与我如影随形。

我的双眸看向他手指的方向。

我的听觉愉悦地专注于所有那些音声

那是他在我的耳朵里挠痒痒，调皮地。

与万物做伴

我们相处融洽

我们从不考虑彼此

但我们生活在一起，既亲密，又独立

仿佛左手和右手

拥有内在的一致。

入夜时分，我们在家门口的

阶梯上玩五子棋，

它的严肃正好与一个神祇和一位诗人相称，

仿佛每一颗石子

都是一整个宇宙，

因此对石头而言，跌落至地面

是巨大的危险。

随后，我向他讲述人类的历史

他莞尔，因为一切不可思议。

他嘲笑国王，也嘲笑那些不是国王的人，

他遗憾地听我说起战争，

贸易，以及远海上

停留在浓烟中的舰船。

因为他知晓，这一切缺乏那个真理

花朵在开花时拥有它

它伴随着太阳的光线

改变了峰峦和山谷

让粉刷过的墙垣感到疼痛。

随后，他昏昏欲睡，我让他躺下。

我怀抱着他走入屋内

让他躺下，缓慢地脱去他的衣裳

仿佛遵循某个无比洁净而

充满母爱的仪式，直到他全身赤裸。

他熟睡在我的灵魂深处

夜里时而醒来

和我的梦境玩耍。

把它们翻得乱七八糟，

将一些梦境叠在另一些上方

独自拍手叫好

朝着我的睡眠微笑。

…………

当我死去时，小孩，

我会是一个孩子，一个最小的孩子。

请你把我抱在怀里

把我带进你的寓所。

为我疲惫的、人类的生命脱去衣衫

将我放在你的床上。

若我还醒着，给我讲故事

直到我沉沉入睡。

赠予我你的梦境，供我玩耍

直到某一天我重新诞生

在你知晓的那个日子。

…………

这就是我的孩童基督的故事。

因为什么缘由，人们竟会觉得

它未必比哲学家所思考

以及宗教所传授的一切

更加真实？

9

我是一个牧羊人。
羊群是我的思想
而我的思想全是感觉。
我思考以眼睛与耳朵，
以手和脚，
以鼻子和唇。

思考一朵花便是凝望她与嗅到她，
尝一只水果便是领略她的意义。

为此，在一个炎热的天时，
我为贪享太多而心怀悲戚。
我伸展四肢躺在草地上，
闭上温热的双眼，
感觉整个身体躺倒在真实里，
我感到幸福并知晓真理。

10

"喂，牧羊人，

在公路边缘，

路过的风向你说了什么？"

"那路过的，

从前路过的，

和之后将会路过的风，

向你诉说了些什么？"

"比这更多得多。

它向我说起许多别的事物。

说起记忆，说起思念，

说起那些并不存在的。"

"你从未听见一阵风经过。

风只会谈论着风。

你所听见的是谎言，

而谎言存在于你自身。"

11

那位夫人有一架钢琴

它讨人喜爱，但却不是流水琤琮，

也不是树木的沙沙低语……

又何必要拥有一架钢琴？

更妙的是拥有听觉

做自然的情侣。

12

维吉尔的牧羊人演奏牧笛和别的乐器,

歌唱文学式的爱情。

(这些都是听说——我从不阅读维吉尔。

为什么我得阅读他?)

只是这些可怜的, 维吉尔的牧羊人, 就是维吉尔本人,

而自然永是古老而秀丽。

13

轻盈的，轻盈的，无比轻盈的，
一阵无比轻盈的风经过，
接着又，无比轻盈地离去。
我不了解何所思，
也不寻求了解。

14

我不在意韵脚。很少有

两棵毗邻的树是等同的。

我沉思并写作，如同花朵拥有色泽

只是我表达自我的方式不如花朵完美

因我缺乏一种神圣的单纯

仅仅做我的外表所显露的。

我看见，并感动着，

我的感动如河水流淌，当土地倾斜，

而我的诗歌自然而然，如一阵清风升举……

15

接下来的四支歌谣

殊异于我之所想，

伪造了我的感觉，

是我之为我的反面……

我是在病中写下它们

因此，它们是自然的，

与彼时的所感一致，

与彼时的不一致一致……

当我病着，就会思考健康时

所思的反面

（除非我没有生病），

会拥有与体魄强健时

相对立的感觉，

会拿以某种方式感知到的万物

去欺骗我的天性……

会在所有方面成为病态——观念和一切。

当我病着，我不是为了别的事物而病。

因此这些背弃我的诗歌

并不能背弃我

它们是我夜晚灵魂里的风景

同一风景的背面……

———————

16

但愿我的生活如一驾牛车，

大清早在公路上，吱吱嘎嘎地前行，

几乎直到黄昏，才又从

来时的同一条道上返回。

我不必拥有期望——只需拥有车轮……

我的暮年没有白发和皱纹……

当我已老朽，人们卸掉我的车轮

我翻倒在峡谷深处，支离破碎。

或者，人们将我改造为任何别的事物

而我对此一无所知……

但我不再是一驾牛车，我变得迥然不同，

但人们从未向我指出那真正的不同。

17

沙拉

在我的餐盘中混合了怎样的自然！
植物们我的姊妹，
泉水的女伴，没有人向他祷告的
圣徒……

她们被切碎并端上我们的餐桌前
旅馆中高声喧哗的房客
他们束着皮带，身披斗篷到来，
漫不经心地点了"沙拉"……

不去思量，他们在向大地母亲苛求
她的清新和她最初的孩子，
她最好的青葱的语词，
诺亚目击的
那些活泼而斑斓的原初事物
当洪水退去，被淹没的
青绿的山顶露出头来，
一只雏鸽在空气中显现，
彩虹如浮雕般凸出……

18

但愿我是大路上的灰尘
穷人的双脚将我踩踏……

但愿我是奔流的河水
洗衣的妇人们依傍在旁……

但愿我是河畔的杨树
仅仅拥有头上的天空，和脚下的水流……

但愿我是磨坊主的驴儿
被他拍打，受他喜爱……

在此之前我经历了人生
展眼回望，满怀怜悯……

19

当月光轻拍草地

我不知回想起了什么……

一个老女仆的声音

为我哼唱着仙女的童话

那尊贵的夫人如何身着乞丐的衣衫

步入夜晚的街道

援救被虐待的小孩……

若我无法相信这是真的,

月光又缘何将草地轻拍?

20

特茹河比流经我村庄的河更加秀美，
但特茹河并不比流经我村庄的河更加秀美
因为特茹河不是流经我村庄的河。

特茹河上有宏伟的船舶
关于船舶的记忆依然
航行其上，
驶向那些能看见全然不存在的事物的人们。

特茹河源自西班牙，
特茹河流入葡萄牙的海。
所有人都知道这些。
但极少有人知晓怎样一条河流经我的村庄，
它流向何处，
它源自何方。
因为被更少的人拥有，
我村庄的河流更自在，也更年长。

特茹河流向世界。
在特茹河之外有美洲

以及那里能碰到的好运气。

没人想过在我村庄的河流之外

存在着什么。

我村庄的河流不教人思索。

谁依偎在它近旁，就仅仅只是依偎近旁。

21

若我能咬一口整块土地

尝出它的滋味，

若土地是一种可以嚼咬的事物

我会在片刻间更觉幸福……

但我并不总是渴望幸福。

必要的是不时地让自己处于不幸当中

为了能够活得自然……

并非所有的日子风和日丽，

当雨水太过匮乏，你也会祈求雨水。

因此，我自在地收取幸福与

不幸，就像人并不惊讶于

有山峰也有平原

有崖壁也有青草……

必要的是在幸福或者不幸中

保持自然和沉静，

感受着如谁在凝睇，

思索着如谁在漫行，

当他将要死去，回想起逝者如斯

回想美丽的日落和美丽的、停留的夜晚……

就是如此，但愿如此……

22

仿佛某人在夏季的一天打开屋门
以整个面颊测探田野的热气，
有时候，猝不及防地，自然径直
拍打我的感觉的脸孔，
我感到困惑、慌乱，想要领会
我近乎不能理解的什么……

但是谁让我渴望领会？
谁告诉我必须领会？

当夏天拂过我们的面颊
她的微风之手轻柔又炽热，
我只需因清风而感到愉快，
或者为了炽热而觉得难受，
无论我以哪种方式感觉，
像这样，因为我感觉如此，这就是对夏天的感受……

23

我的目光似天空般瓦蓝，

似阳光下的水般沉静。

这样，瓦蓝并沉静，

因为既不惊讶，也不问询……

如果我询问和讶异，

牧场上就不会生出新的花朵，

太阳也不会改变形态，变得更美。

（甚至，如果新的花儿开在牧场上，

如果太阳为了更美而变化，

我许会感受到牧场上更少的花朵，

觉得太阳更为丑陋……

因为存在的一切如其所是，

我接受它，而不觉喜悦

为了看起来没有在思考这些……）

24

我们从事物中看到的是事物本身。

为何我们看见一个事物，如果还有另一个存在？

为何看和听成了我们的错觉，

如果看和听仅仅只是看和听？

重要的是懂得如何去看

懂得去看而不思考，

懂得去看，当你自发自愿地看着，

当你自发自愿地看着而不思考，

在思考时也不要看。

而这一切（多悲哀，我们带来一个乔装打扮的灵魂！）

这一切苛求艰深的钻研，

一种对遗忘的学习

以及一次对修道院的自由的劫掠。

在那里，诗人们说星星是永恒的修女，

花朵是转瞬即逝的悔罪者，

但终究星星除了自己什么也不是，

花朵也仅仅只是花朵。

为此，她们才被叫作花朵和星星。

25

那个孩子为了好玩，从秸秆里
吹出的肥皂泡
透亮地，是一种完整的哲学。

清澈、无用、转瞬即逝如同自然，
和事物一样是眼睛的朋友，
带着缥缈、浑圆的精确，
而没有人，甚至那个孩子也不能
要求它们比看上去更有意义。

明晰的空气里有些汽泡不能被看见。
仿佛一阵轻风拂过，不去触碰花朵
而我们仅仅知道它拂过，
因为有什么东西在我们体内变轻，
更为纯净地接受了一切。

26

有时候，在光线完美而精确的日子，

在事物拥有全部可拥有的真实性的日子，

我徐缓地问自己

为了什么我要把美的概念

赋予它们？

一朵花莫非是美的吗？

果实难道拥有美吗？

不：它们仅有形状和颜色

以及存在本身。

美是某种不存在的事物的名称

我用来交换事物给予我的欢乐。

没有任何意义。

那么，为何我要说那些事物：是美丽的？

是的，甚至对我，一个为活着而活的人，

那些不可见的，人类的谎言也向我涌来

在事物面前，

在单纯地存在着的事物面前。

做一个本性的人，除了可见之物什么也不看，多么困难啊！

27

唯有自然是神性的，而她不是神性的……

若有时我谈起她如同一种实在
谈起她需要使用人类的语言——
事物因此有了性情，
被强加了名字。

但万物并不具有性情和名字：
它们存在着，天际恢宏而土地广阔，
我们的心大小仅如一只握紧的拳头……

因为我所不知道的一切，我是有福的。
这一切就是真实存在的我。
享用它如同某人笃信日出。

28

今天读了接近两页

一位神秘主义诗人的书。

我大笑，如同某人已哭泣太多。

神秘主义诗人是病态的哲学家，

哲学家是一些疯子。

因为神秘主义诗人妄称花朵能感觉，

石头拥有灵魂，

河流在月光下陷入迷醉。

但是花朵，若能感觉，便不是花朵，

而是人类；

石头若有灵魂，便是活着的，而不是石头；

河流若在月光下迷醉，

便成了生病的人。

为了描述对它们的感觉

必要的是不去认识何为花朵，石头与河流。

言说花朵，石头与河流的灵魂

就是在言说说者自身，以及他错误的观念。

感谢上帝石头只是石头，

河流不是河流之外的别的事物，

花朵也仅仅是花朵。

对我而言，写下一行诗歌

便感到满足，

因为我懂得去理解外在的自然，

而不去理解她的内在，

因为自然没有内在；

否则她就不是自然。

29

我并不总是与我所说所写的一致。

我改变，但不太多。

花朵的颜色在阳光下

与当一朵云掠过

或夜幕降临时不同，

那时候，花朵拥有阴影的色泽。

但锐利的目光看出那是同样的花朵。

为此，若我显得自相矛盾

请留意：

若我拐向右，

此刻又折向左，

但我总是我，以同样的双足稳稳地站立——

我依然故我，感谢天空与大地，

感谢我专注的眼和耳，

感谢我灵魂里明晰的单纯……

30

他们若希望我有一种神秘主义，好吧，我有一个。

我是神秘主义的，但只限于身体。

我的灵魂单纯从不思考。

我的神秘主义便是不渴望得知。

是生活而不为此思量。

我不知道何谓自然：我歌唱她。

我住在山顶，一间孤独的

粉刷过的屋里，

而这就是我的限定。

31

若我有时候说花朵微笑，

若我曾说河流在吟唱，

并不因为我认定花朵里有笑靥，

水的奔流里有歌谣……

而是因为如此能让谬误的人们更多地感到

花朵与河流切实的存在。

为了那些阅读我的人们，时而我会

为他们感官的愚钝做出牺牲……

我自相矛盾但自我宽宥，

因我并不严肃地赞同自己，

因我只是一种可憎的事物，自然的译者，

因为有些人不理解自己的语言，

其实她全然不是一种语言……

32

昨天下午，一个城里人
在小旅馆门口谈话。
他也和我谈话。
他讲到正义和为正义进行的斗争，
讲到受苦的工人，
持久的劳作，食不果腹者，
还有那些富人，要为这一切负责。

然后，他看着我，看见我眼眶中噙满泪水
欣慰地微笑了，以为我感觉到了
他心头的仇恨，和他所说的
那种悲悯。

（但我并没有在听。
那些受苦的，或在假想中受苦的人
与我有什么干系？
若他们和我一样——便不会受苦。
这个世界的毛病就在于我们总是关注别人，
或者出于好心，或者出于恶意。
灵魂，天空和大地对我们就已足够。

渴望更多便会丧失这一切，陷入不幸。）

当这位人民之友诉说着，

我沉浸在对自身状况的思索中，

（而这一切让我落泪动容）

仿佛时近日暮，

被铃铛渺远的叮叮咚咚声包围，

那叮咚不似一座小教堂的钟声，

花朵、溪流和像我这样单纯的灵魂

会前往那儿举行弥撒。

（赞美主，我并不良善，

我有本性的自私，如花朵

如追随河道的河流，

毫无思虑，自顾自地

忙于开花和奔走。

那就是在世界上唯一的使命

——明净地生活，

懂得生活但不去思索。）

那个人缄默无语地，谛视日暮。

但日暮与一个爱与恨的人有何关系？

33

齐整的花园，花坛里可怜的花儿

看上去像害怕警察……

但多好啊，以相同的方式开花，

拥有远古的、相同的微笑

那微笑曾毫无拘束地展露于最初的人最初的目光

他目击繁花显现，轻触她们

为了手指也一睹芳容……

34

我觉得如此自然，有时候不思考
也独自发笑，
我不清楚为什么笑，但想必是为了
有人在思考的缘故……

我的墙垣怎么思考我的阴影？
有时我这样问自己，直到觉察
我在对自己提问……
于是我感到沮丧，烦扰
仿佛发现一只脚丧失知觉……

这个怎么思索那个？
没有什么思索什么。
大地对它拥有的石头和植物具有意识吗？
若它有意识，是怎样的意识……
这于我有何要紧？
若我思考它们，
便不再能看见树木和植物，
不再能看见土地

所见的只有我的思想……

我心怀悲伤，停留在黑暗里。

而像这样，无所思，我拥有大地和天空。

35

从高高的枝杈间洒下的月光
诗人说它们不仅是
从高高的枝杈间洒下的月光

对于我，不懂得何所思的人，
从高高的枝杈间洒下的月光
除了是
从高高的枝杈间洒下的月光之外，
并不比从高高的枝杈间洒下的月光
多出什么。

36

有些诗人也是手艺人

在诗行中劳作

如同木匠推敲木板!

不懂得开花是多么可悲!

得把一行诗砌上另一行诗，如同谁在建造砖墙，

再瞧瞧它是否合适，如果不合适就抽掉!

当唯一精巧的房屋就是大地

它复杂变幻，总是坚固并且总是同一片大地。

我想着这些，并非如谁在思考着，而是如谁没有思考，

谛视花朵并且微笑……

我不知她们是否理解我，

也不知我是否理解她们，

但我知晓有一个真理在我和她们之中

在我们共同的神性里——

它让我们行走和生活在大地上

被愉快的四季拥在怀中，

让风吟唱着催我们入睡，

让我们的沉睡中没有梦境。

37

仿佛肮脏烟囱留下的大块污迹
太阳躲在静止的云层背后。
无比沉静的傍晚传来模糊的笛响。
大约是远处的列车声。

这一刻我心中有隐约的乡愁
和恬静、模糊的渴望
它显现，它转瞬即逝。

同样有时候，在小溪的水面
簇拥着好些水泡
它们生出又消散，
没有任何意义，
除了只是
旋生旋灭的水泡之外。

38

这是有福的，同一个太阳照耀另外的土地，

它让所有人成为我的兄弟，

因为所有人，一天中的某一时刻，和我一样凝望它，

在这纯粹的钟点

全然洁净而敏感

连同一声不易觉察的叹息

所有人含泪地做回

那真实和原始的人类

他目睹太阳诞生，却对它不热爱，

因为这才是自然的——比热爱太阳，

上帝，以及余下的不存在的一切

更加自然

39

事物的神秘，它藏身何处？

它藏身何处而不显现

至少向我们展示何谓神秘？

一条河流，一棵树对此有何了解？

而我，并不比它们更有智慧，又对此知晓多少？

总是睇望着万物思索人们关于万物思索的一切，

我欢笑，如小溪在石头上发出清脆的声响。

因为事物唯一隐藏的意义

就是它们不具有任何隐藏的意义

就是比所有诗人的梦境

所有哲人的冥思

比所有的奇珍异宝更为奇异，

事物正是如其所示的模样

毫无必要费心考虑。

当然，这些是我的感官独自领悟的东西——

事物没有含义，它们只有存在。

事物唯一隐藏的意义就是它们自身。

40

一只蝴蝶从我眼前翩跹而过
我第一次，在宇宙中留意到
蝴蝶没有颜色和运动，
正如花朵没有芳香和色彩。
是颜色拥有蝴蝶翅翼上的色泽，
蝴蝶的飞舞是运动本身在动，
芳香成为了花香中的香。
而蝴蝶仅是蝴蝶，
花朵也仅是花朵。

41

夏天的傍晚，时而

尽管没有一丝风，却仿佛

在瞬息间，有一阵轻柔的风掠过……

可树木依然静止

所有的叶片凝定不动

我们的感官产生错觉，

幻想出让它愉悦的事物……

啊，我们的感觉，看和听的病人！

假如我们是我们应是的模样

何须发生幻觉……

明晰地，生气勃勃地去感受，就已足够

不必留意感官自身……

感谢上帝世界并不完美

因为不完美是一件事物，

有人犯错人类才得以起源，

有人生病世界才显得优雅可爱。

若没有不完美，就缺少了一件事物，

就需要许许多多的事物

给我们观看和聆听

当我们的眼睛与耳朵尚未关闭……

42

公共马车驶过大路，然后远去了；

大路既没有更美，也没有更丑陋。

人的行动之于外部世界也是如此。

我们不索取也不赠予；我们经过然后忘却；

而太阳每天准时升起。

43

不同于鸟的飞翔，它飞过，踪迹无凭，
动物们经过，在土地上留下脚印。
鸟飞过便遗忘，它应如此。
动物若已不在此地，留下曾经存在的
踪迹，已毫无用处。

记忆是对自然的背叛。
因为昨天的自然已不是自然。
曾经的一切并非虚无，而回忆是不再去看。

离开吧，鸟儿，离开，教我如何离开！

44

睡中蓦然惊醒，

我的时钟占据了整个夜晚。

我感觉不到户外的自然。

我的房间是一个有模糊白墙的晦暗事物。

户外岑寂绵延，仿佛一切皆死。

唯有时钟持续嘀嗒作响。

这个放在桌上、齿轮带动的小玩意

扼杀了整个大地和天空的存在……

我几乎迷失在，思考这一切的意义里，

但忽又停住，感觉一个微笑爬上我暗夜的嘴角，

因为我的时钟——以它的微末之躯充斥庞大之夜——

唯一象征或指意的事物

便是以它的微末充斥庞大之夜的

奇妙感觉。

45

遥远的一行树木，在斜坡上。

但什么是一行树木？有的仅是树。

行或复数的树木，并不是事物，而是名字。

可悲的人类灵魂，给一切强加秩序，

在事物和事物之间连线，

给绝对真实的树木挂上名签，

在纯真的大地上

描画经线和纬线，而没有这些它会更苍翠繁丽！

46

以这种方式或那种方式，

恰当或者不恰当，

有时候我能道出所思所想，

另一些时候我讲得颠倒混乱，

我写诗却并不渴望去写，

仿佛写作并非一种动作，

仿佛写作只是我遭遇的一件事

如同窗外的太阳向我显露。

我寻求道出我的感觉

而不思考我感觉到了什么。

我寻求使语词靠近思想

而不需要一位跑步者

从思想奔向语词。

并非总能感觉到我认为所需感觉的一切。

我的思考仅会无比缓慢地泅过河流，

因为人类给它穿戴的衫履让它沉重。

我寻求剥离所学的一切，

寻求遗忘人们教授给我的记忆的方式，

刮掉意义在我身上涂抹的颜料，

拆散我真实的情感，

打开包裹而成为我，不是阿尔贝托·卡埃罗，

而是自然制造的人形动物。

如是我写作，渴望感觉自然，甚至无需作为一个人类，

而只是如某人感觉自然，别无其他。

如是我写作，或好或坏，

或者碰巧道出我试图言说的，或者言不及意，

在此处跌落，在那里站起，

但总是行走在自己的路上如固执的失明者。

然而，我却是个不简单的人。

是自然的发现者，

是真实感觉的阿尔戈英雄，

我将一个崭新的宇宙带给宇宙

因为我把宇宙带向了他自身。

我感受到这些并十足博学地

写下它们，没有留心

已至凌晨五点

太阳尚未从地平线的墙顶

探出头来，

却已能看见那些爬上墙头的

光线的指尖,

在挤满低矮群山的视野里。

47

在过分洁净的一天

在下定决心要干许多活儿

以便完全不必干活的一天，

隐约瞧见，仿佛公路遁入树林，

一个或可称为崇高的秘密之物，

那虚伪的诗人们声言的伟大的神秘。

我看不见自然，

自然并不存在，

我看见丛山、峡谷和平原，

树木、花朵、草地，

河流和石头，

但这些并不属于一个整体，

一个实在的真实的整体

而是我们观念中的疾病。

自然是碎片而非整一。

这或许就是他们说起的神秘。

这一切既不思考也不停留，

我领受它如一个真理，

所有人忙于寻找而无法找到

只有我，因为无意寻找，却找到了。

48

在我的房屋最高的窗前

我挥动白手绢

向离开我去人类中间的诗歌说再见。

我既不快乐也不悲伤。

这是诗歌的宿命。

我写下它们，就得把它们展示给所有人

因为我只能如此，

好似花朵不能隐藏颜色，

河流不能隐匿流淌，

树木不能掩藏果实。

这样它们如乘坐着公共马车远去

而我不经意间感到遗憾

仿佛身体里的一种痛。

谁知道谁将阅读它们？

谁知道它们会抵达怎样的双手？

花朵，我的命运被摘下，为了那些眼睛。

树木，我的果实被褫夺，为了那些嘴唇。

河流，我的河流的使命就是离开我。

我服从并几乎感到快乐，

几乎感到快乐，如同某人厌倦了哀戚。

离开，离开我！

树木枯萎并消散入自然。

花朵凋谢，而香灰永存。

河流汇入大海，它的水流恒在。

我活过并停留，有如宇宙。

49

我躲进房间，关闭窗户。

他们带来瓦斯灯，向我道晚安，

我也用愉快的声音，向他们道晚安。

但愿生活总是如此：

白天阳光明媚，或有柔和的雨水，

或者风暴骤烈如临末日，

下午温暖惬意，从窗户里饶有兴味地

打量路过的劳作者，

把最后一瞥友善的视线投向树林的岑寂，

然后，关上窗户，点燃瓦斯灯，

不阅读，不思考，也不去睡，

感觉生命流过我如同河流流过河床，

而外面，天边的寂静有如一个熟睡的神。

散

佚

的

诗

篇

1

誊清物质

将人们因不明用途而

弄乱的事物归位，

如真实的寓所里一位能干的女主人

抚平感受之窗上的帘幔

挪正知觉门口的蹭鞋垫

清扫观察的房间

掸去简法思想上的灰尘……

如是我的人生，一行诗紧随着一行诗。

1914. 9. 17

2

我的人生值什么？在终点（我不知是什么的终点）

一个人说：我赚取了 300 康托。

另一个人说：我拥有 3000 个时日的光荣。

另一个人说：我问心无愧，这便足矣……

而我，若他们前来询问我的功绩，

我会说：我观看事物，除此无他。

是以我将宇宙揣进衣兜携带至此。

而若上帝问我：你在事物中看到了什么？

我回答：仅只事物本身……你没有在那儿放入更多。

而上帝，无论如何是机敏的，将封我为一类新的圣徒。

1914. 9. 17

3

在道路拐弯的那边

也许有一眼水井，或一座城堡，

也许仅仅是道路的延伸。

我不知道，也不询问。

当我还尚未抵达时

我只看向眼前笔直的道路，

因为我能看见的只是它。

看向另一边或看向那不可见的

于我而言皆是枉然。

唯立足之地与我们休戚相关。

所在之处而非别处，便有足够的美景。

若有谁身在道路的弯折处，

那里的风景自会有他们关心。

那里的道路也才是他们的道路。

若我们终须抵达彼地，了解将与到达同时来临。

眼下，我们知道的仅仅是我们不在那儿。

此地仅有一条尚未弯折的道路，在拐弯之前

始终笔直。

1914. 10

4

万物那骇人听闻的真实

是我这些天来的发现。

每一件事物如其所是，

很难向人解释，这多么令我愉悦，

多么让我感到满足。

存在便意味着活得完整。

我已写了足够多的诗歌。

自然地，我得写得更多。

我的每一首诗都说到这一点，

而我所有的诗各不相同，

因为每一种事物都是一种言说的方式。

有时，我将目光投向一块石头。

我并不去思考她是否有所感觉。

我也不会自我迷失，把她叫作我的姊妹。

但我喜爱她因她是一块石头，

我喜爱她因她从不感受，

我喜爱她因她与我没有任何血缘。

另一些时候，我听见风吹过。

我想，仅仅为了听见风吹过，诞生也是值得的。

我不知道旁人读到这些字句作何感想；

但我想它们是不错的，因我思考它们而毫不费力

也不去想象旁人在倾听我的思索；

因为我思考而没有思想，

因为我言说它却仿佛语词们自己在言说。

有一次，人们称我为唯物主义诗人，

我万分惊讶，并不觉得

自己可以被称为任何事物。

我甚至不是一个诗人：我所做的只是看。

倘若我写下的一切有价值，它也不属于我：

价值存在于那里，在涵容着它的诗行里。

这一切全然独立于我的意志。

1915.11.7

5

当春天再度来临

或者她将无法在大地上与我相遇。

此刻我乐于揣测春天是一个人儿

以便想象她，因失去唯一的友伴

而垂泪啜泣。

但春天甚至不是一个事物：

它是一种言说方式。

花朵不重开，绿叶不再度蓊郁。

会有新的花朵，新的翠蓝的叶片。

有另一些柔美的时日。

没有什么逝而复返，因为一切真实。

1915. 11. 7

6

若我英年早逝，

未能出版一部著作，

未能见到我的诗行变成铅字，

我请求，若人们为了我的缘故而烦恼，

请不要烦恼。

若如是发生，那它就是必然。

即便我的诗行从未被印刷，

它们也自有其优美，如果它们是优美的。

但是它们不能既优美，又尚待印刷，

因为根茎可以长埋地下，

而花朵却绽放在自由的空气里，在人的目光中。

它不得不如是。没有什么能够阻止。

若我在青春年华死去，请听好：

我不过是一个玩耍的孩童。

一个异教徒，如太阳和水，

信仰宇宙的宗教，它唯独不属于人类。

我快乐因为不索求任何东西，

也不追寻任何知识，

除了"阐释"一词并无任何意义，
我不认为还存在更多的阐释。

我无所渴望，除了置身阳光或雨水——
沐浴阳光在太阳朗照的时候
享受雨水在雨丝纷飞的时辰
（而绝不置身其他事物），
感受到暖热、寒冷和风，
却并不走得更远。

有一次我陷入爱情，我猜想人们爱我，
但我并没有被爱。
我不被爱因为一个独特的伟大的理由——
因为我无需被爱。

返回到太阳下和雨水中，
再次坐在我的家门前，让我感到安慰。
终究，对于那些被爱者来说，原野并没有
在不被爱者眼里那么碧绿。
去感受就是变得漫不经心。

1915.11.7

7

春回大地时，

若我已然死去，

花朵还是以同样的方式盛放

树木也并不比去岁更减葱郁。

现实并不需要我。

我被巨大的喜悦填满

知晓我的死亡无足重轻。

若我得知自己明天将死

而春天在明天以后到来，

我会满意地死去，因为春天将尾随而至。

若那是她的时辰，她还能在什么时候来？

我喜爱一切真实且确定；

我喜爱是因为它将如此，即使并不称人心意。

因此，若我现在就死，我会死得满足，

因为一切确定而真实。

若他们愿意，人们可以在我的棺椁上念诵拉丁经文。

若他们愿意，可以绕着它歌唱和跳舞。

我不计较我何时无法再有所偏爱。

发生什么，何时发生，自有其定数。

1915. 11. 7

8

如果，在我死后，人们想写一部我的传记，

没有什么比这更简单。

它只有两个日期——我出生的日子和死去的日子。

在此之间的所有时日皆属于我。

我很容易定义。

我观看如一个受伤害的人。

我爱事物，但绝无多愁善感。

我没有无法实现的渴望，因我从不盲目。

我也从来不听，除非听伴随着看。

我懂得事物是真实的，而且彼此截然不同。

我懂得这些凭借我的双眸，而非我的思想。

以思想去懂得即是将一切视作等同。

某一天，我像个婴孩，突然觉得疲倦。

我阖上眼睛，酣然入睡。

此外，我是唯一一个自然的诗人。

1915. 11. 8

9

我从不知晓为何有人觉得日暮是悲伤的。

除非仅仅因为一场日暮不是拂晓。

但若它本是日暮，何必非得去做拂晓？

1915. 11. 8

10

是夜，夜晚无比晦暗。远方的一户人家
窗户里闪耀着灯光。
我看见它，从头到脚感到人的温暖。
多奇妙，个体的整个生活栖居在那里，我不知道他是谁，
吸引我的仅是从远处望见的灯火。
无疑，他拥有真实的人生，拥有脸庞、姿态、家庭和职业。
但此刻，我关心的只是他窗口的光亮。
尽管那光焰由他点燃，
它于我却是最切近的现实。
我从未迈出过切近现实的边界。
在切近的现实之外是虚无。
若我，从立足之地，只望见那亮光，
与远方相比，我的所在便只有那光亮。
那人和他的家庭在窗的另一头是真实的。
而我在这一头，相隔渺远。
灯光熄灭。
那人继续存在，与我何干？
唯有他继续存在。

1915. 11. 8

11

今天，他们为我朗读阿西斯的圣·弗朗西斯科。

他们为我朗读，而我惊愕万分。

如此热爱万物的一个人，为何

从不去凝视她们，从不知晓她们为何物？

因了什么缘故，我得把雨水称作我的姊妹，若她并非我的

姊妹？

为了更好地感觉她？

啜饮她，比把她叫作任何事物——姊妹、母亲或女儿

更能真切地感觉她。

雨水就是雨水，她因此而美丽。

倘若我唤她作我的姊妹，

在这么称呼的同时，我眼见她并不是

而她若是雨水，最好便叫她雨水；

或者，更好地是不把她称作任何事物，

只是啜饮她，感受她在脉管中流淌，用目光抚触她，

而这一切没有名字。

1917.5.21

12

我愿有足够的时间和安宁

以便不去思考任何东西，

以便感觉不到自己活着，

以便只在他者眼眸的映像中，识得自己。

1917.5.21

13

早晨晶莹放光。不：早晨并不晶莹放光。

早晨是一个抽象概念，是一种状态而非事物。

我们目睹旭日初升，在此时，在此地。

若树丛间显露的朝阳是优美的，

无论我们把早晨称作"目睹旭日初升"

还是称作早晨，它都同样优美；

因此，将错误的名字赋予事物毫无裨益，

同样无益的是赋予它们任何名字。

1917.5.21

14

那个思考着仙女并相信仙女存在的孩子
行动如一位病弱的神。
因为，除了确信存在着那不存在之物，
她懂得万物是如何生存的，即它们存在，
她懂得存在是真实的，并不解释自身，
她懂得存在无需任何理由，
她懂得活着就是活在一个针眼里，
她只是不知道思想并不是某一个针眼。

1917. 10. 1

15

远远地，我望见一艘舰船驶过河流……

特冷漠地朝特茹河下游航行。

它冷漠，并非因为不在意我，

也非因为我未借此表达荒凉……

冷漠是因为，外观孤零零的舰船

未经形而上学者的允可而向下游行驶

没有任何意义……

向河的下游，直到抵达大海的真实。

1917. 10. 1

16

夜幕降临，燠热稍许轻减。

我心思明澈，仿佛从未思考

仿佛我拥有根茎，与土地直接勾连，

并非这被唤作景致的，次生意义上伪造的关联，

因了这景致，我与事物疏远，

而我毗邻于星辰和那些更渺远的事物——

错：因为渺远即非临近，

靠近它便是谬误。

1917. 10. 1

17

在寒凉时节天气阴冷，于我仿佛是件乐事，

因为对我那适应于万物存在的生命来说

顺其自然，即让人愉悦。

我领受人生的艰困，因为那是命运，

正如我领受隆冬的严寒——

我心绪沉静，并无怨艾，仿佛某人只是单纯地领受，

并从中获得喜悦——

在领受无可避免的自然这个科学并艰难的崇高行动中。

于我而言，我身患的疾病，我遭遇的不幸算是什么，

除了我本人和我的人生的冬季？

那难以捉摸的冬季，它出现的定律我并不熟知，

却由于同样崇高的命运而为我而存在，

以同样不可避免的形态向我展示，

盛夏时大地灼热，

严冬时大地酷寒。

我以人格领受它们。

我诞生，和旁人一样受制于谬误和缺憾，

但绝不受制于渴望理解过多的谬误，

绝不受制于企图倚仗聪明才智去理解的谬误，

绝不受制于对世界苛求以待的缺憾，

苛求它做世界以外的任何事物。

1917.10.24

18

无论什么存在于世界的核心，

它赐予我这个外部世界，作为真实的范本，

而当我说"这是真的"，甚至出于一种直觉，

我无意中看见它在任何一个外部空间，

我看见它以一种在我之外的、陌生的视觉。

真实并不内在于我。

我的内心深处并无真实的概念。

我知晓世界存在，但不确知自己是否存在。

我对我那素白的房屋存在的确信

多于对其主人的内在存在的确信。

我信任我的身体更甚于灵魂，

因为身体展现在真实当中，

可以被他人目击，

可以触摸别的肉体，

可以端坐或站立，

而我的灵魂只能被外在的术语所定义。

它为我存在——有时候，我想象它确实是存在的——

以向世界借来的外在真实。

假如灵魂比外部世界

更为真实，哲学家，如你所言，

为何外部世界向我显现如真实的典范？

假如我的感觉

比我感受到的某个事物的存在更确凿无疑——

我缘何要去感受

以及那独立于我的事物缘何出现

它不依赖我而生存，

而我只关联于我自身，总是个人的并且总是无从传递？

缘何我和旁人一道

踯躅于一个我们相互理解并且步调一致的世界上，

假如，很偶然地，世界是个谬误，而我是正确的？

假如世界是一个谬误，那它是全人类的谬误。

我们每一个都仅仅是我们自身的谬误。

逐渐地，世界变得更加确定、切实。

但我为何发出诘问，若不是因为我病了？

在那些确信的日子里，在那些外在于我的人生的日子里，

在我的拥有完美而自然的明晰的时日里，

我感受却感受不到自己在感受，

我观看却不知晓自己在观看，

宇宙从未如比真实，

宇宙从未（并非接近或远离我，

而是）如此崇高地不属于我。

当我说"很明显"，或者我想说的是"只有我看到吗？"

当我说"事实如此"，或者我想说的是"我这样以为？"

当我说"在那边"，或者我想说的是"不在那边？"

若生活中如是，为何在哲学里不同？

我们活着先于推究哲理，我们存在先于知晓我们存在，

而首要的行动至少应享有优先和尊崇。

是的，在成为内在的之前我们首先是外在的。

因此我们本质上是外在的。

你说，生病的哲学家（终究也是哲学家），这是唯物主义。

但这怎能是唯物主义呢，若唯物主义是一种哲学，

若一种哲学，至少因为属于我，而是一种我的哲学，

而这甚至不是我的，甚至亦不是我？

1917. 10. 24

19

战争，以它的骑兵军蹂躏世界，
是哲学谬误的完美典范。

战争，和人类的一切一样，渴望改变。
可是与人类相比，它渴望改变并且改变得
更多、更快。

然而战争造成死亡。
死亡是我们对宇宙的轻蔑。
因为以死亡为结果，战争被证明是一种谬误。
既然它是一种谬误，所有渴望改变的想法亦为谬误。

让我们将外在宇宙和他者留在自然赋予的位置。
一切皆是傲慢和无意识。
一切渴望动摇，创造，留下印痕。
当心跳停止，骑兵军的指挥官
缓慢地归于外部宇宙。

自然的直接的化学
不为思考留下一片模糊地带。

人性是一场受奴役者的暴乱。

人性是一个被平民篡夺威权的政府。

它因篡夺而存在，又因并不合法的篡夺而谬误。

让外部世界和自然人性存在吧！

愿和平降临于人类诞生之前的世界，也降临于人类本身。

愿和平降临于宇宙的纯然外在的本质！

1917. 10. 24

20

关于自然的所有见解

从未让一棵草生长，一朵花诞生。

关于事物的一切智慧

从不像事物本身一样，可以拿在手中。

若科学希望变得真实，

有什么比关于不能用科学解释的事物的科学更真实？

我阖上双眼，而我躺卧其上的大地还在绵延，

它的实在我的脊背亦能感知。

何须推理我肩胛骨的位置。

1918. 5. 29

21

汝离开驶向远方的船舶，

为何，与旁人相反，

当汝在视野里消逝，我并未感到思念？

因为一旦我看不见，汝便不再存在。

若对不存在之物心怀乡愁，

会感到与虚无结伴；

我们怀抱的乡愁，不是对船舶，而是对我们自身。

1918. 5. 29

22

渐渐地，渐渐地，原野舒展，镀上金黄。

黎明在沟壑纵横的平原上迷了路。

对此景致我无动于衷：我仅凝视它。

它外在于我。没有情感将我与它牵绊，

而让我牵绊于显现的黎明的，正是那情感。

1918.5.29

23

自揣掌握了真理的布道者

昨日再次与我交谈。

他说起劳动阶级的苦难，

（而不是那些受苦的人，他们才是真正的受难者）

他说起世道的不公正，一些人富有，

另一些却在闹饥荒，我不知他说的是食不果腹，

还是短少餐后异国小甜点。

他说着让他感到愤怒的一切。

多么幸福，做一个可以沉思旁人苦难的人！

多么愚蠢，不懂得他人的厄运仅属于他人，

难以从外部疗治，

因为受苦并非缺乏染料，

或者一只木匣少了铁箍！

存在着不公正，一如存在着死亡。

我从不为了改变所谓的

世界的不公正而迈出一步。

从此到彼，迈出的一千步

也仅仅是一千步。

我接受不公正一如我接受石头不浑圆，

或者软木树生下来不是松树或栎树。

我把一只橙子切成两半，而这两半不可能均等。

我对谁不公正呢——若我将同样地吃掉它们？

1918

24

什么？我比一朵花更有价值

因为她不知晓自己有色彩，而我知晓，

因为她不知晓自己有芳香，而我知晓，

因为她没有对我的意识，而我有对她的意识？

但一个事物拥有什么

才能优于或劣于另一个事物？

是的，我有关于植物的意识，她没有关于我的意识。

但若意识的形式是拥有意识，在其中还存在什么？

植物若能说话，她会对我说：你有香气吗？

她会说：你有意识是因为拥有意识是一种人类的特质

我没有意识因为我是花朵，不是人类。

我有芳香而你没有，因为我是花朵……

但为什么要把我和一朵花相比较，如果我就是我，

而花就是花？

啊，让我们别去比较任何事物；让我们观看。

让我们停止推理、隐喻和比拟。

将一个事物与另一个相比是对事物本身的遗忘。

若我们专心注目，没有一个事物使人联想到另一个，

每一件事物只让人联想起她自身，

她亦只是独一无二的自身。

她之为她的事实使她区别于其他所有。

一切皆只是其所是。

1918

25

他们跟我说起人，说起人性，

但我从未目睹过人或人性。

我见过各色各样的人，彼此令人惊骇地不同，

借助一个无人的空间，每一个人与他者相疏离。

26

陌生的邋邋遢遢的小孩在我门前嬉戏，

我不问你是否为我带来了象征的消息。

我将你视作恩赐，因为从未见过你，

自然，若你衣衫整洁，你就是另外的小孩，

不会来到此地。

在尘土里玩耍，玩耍！

我仅用我的眼睛欣赏你的在场，

第一次目击某个事物比熟识它更有价值，

因为熟识意味着再也无法初见，

并非初见意味着只能人云亦云。

这个小孩邋遢的方式和其他小孩不同。

嬉戏吧！抓起一块石头攥在手里，

你知道掌心容得下它。

哪一种哲学能抵达更大的确信？

没有，没有哲学前来在我的门口嬉戏。

1919. 4. 12

27

真相，谎言，确定，不确定……

街上的那个盲人也熟稔这些词。

我坐在高高的阶梯上，膝盖交叠，

手握住叠在上层的膝头。

好吧，什么是真相，谎言，确定或不确定？

盲人在大路上驻足，

我的双手从膝头松开。

真相，谎言，确定或不确定还是同一码事？

某些东西在一小部分现实中变化——我的膝盖和我的双手。

哪一种科学理解其中奥义？

盲人继续彳亍，我纹丝不动。

已非同一时辰，亦非同一人物，没有什么是相同的。

这便是真实。

1919. 4. 12

28

姑娘咯咯的笑声在街道的空气中喧响。

她在笑我没看见的谁说的什么。

我记得我曾听见这笑声。

但此刻，若人们跟我说起街道上一个姑娘银铃般的笑，

我会说：不，群山，太阳照耀的土地，太阳本身以及这间屋宇，

我只听见了存在于我的生活当中，来自太阳穴的血液寂静的噪音。

1919. 4. 12

29

你，神秘主义者，你在万物中窥见意义。

对你而言，一切拥有隐蔽的意涵。

在你目击的每一事物里隐藏着另一个。

当你看，你总是为了看到另外的东西。

于我，所幸我的眼睛只为看而看，

我在万物中目睹意义的缺席；

我注视并热爱，因为做一个事物并无意谓。

做一个事物即不可被阐释。

1919. 4. 12

30

啊，他们渴望比阳光更明亮的光线！

他们渴望比这些原野更葱郁的原野！

他们渴望比我看见的花朵更娇美的鲜花！

于我而言，这太阳、原野和鲜花便让我满足。

假使我偶尔感到不满足，

我想要的是比太阳更太阳的太阳，

我想要的是比原野更原野的原野，

我想要的是比花朵更花朵的花朵——

一切更为完美，以相同的样式和风格！

存在于那里的事物更加坚实地存在于那里！

是的，有时我为不存在的理想躯体而啜泣。

但理想躯体是一具比所能拥有的更躯体的躯体，

而其余一切只是凡人之梦，

是短视者的浅薄，

是不懂站立的人对坐的憧憬。

整个基督教就是椅子们的一场大梦。

正如灵魂毫无形迹，

最完美的灵魂便是从不显露的灵魂——

与躯体同在而完成的灵魂

事物的绝对的躯体，

那绝对真实的存在，没有谬误亦没有阴影，

事物与其自身的巧合，精确而圆整。

1919. 4. 12

31

我目睹两片原野之间

一个人的姿影一闪而过。

在同样的真实里，他的脚步与"他"同行，

但我注视他和它们，犹如两样东西：

人带着他的观念行走，错误而奇异，

脚步则带着它古老的，让双腿交替的系统。

我遥遥观望，不生杂念。

在他当中的他是何其完美——他的躯体，

他真切的现实既无渴望亦无希冀，

有的只是肌肉，以及一种确定而客观的使用它们的方式。

1919. 4. 20

32

是的：我存在于我的躯体。

我不在衣袋里携带太阳和月亮。

我不因为失眠而渴望征服世界。

我也不会为了胃口而吃掉土地。

冷漠吗？

不：腾空而起的大地之子，你错了，

凌空的瞬间不属于我们，

唯有双脚再次击打地面，才会感到满足，

啪！在从不缺席的真实里！

1919.6.20

33

我喜爱天空，因为相信它并非无限。

无始无终之物与我何干？

我不相信无限，亦不相信永恒。

我相信空间在某地开始，又在某地结束

而此地和彼地之外，是绝对的空无。

我相信时间有起始也有终点，

而此前和此后并无时间。

为何这必定是错的？错误的是谈起无限

仿佛我们知道它是什么，或我们能够理解。

不：一切是纷繁如潮的事物。

一切皆确定，一切皆有限，一切是物自身。

1920

34

怎么，我的诗行有意义而宇宙不必有意义？

在什么几何学里，部分超越了整体？

在什么生物学里，器官的块垒

比躯体更具生机？

35

活在当下，你说；

仅仅活在当下。

但我并不想要当下，我想要现实；

我想要存在的事物，而非用于丈量它们的时间。

何为当下？

它关联着过去与未来。

因为其他事物的存在而存在。

我想要的唯有现实，那些没有当下的事物。

我不愿将时间纳入我的财富。

我不愿把事物作为当下来思考；我只愿把它们当作事物本身。

我不愿将它们与自身分离，把它们称为当下。

我不应把它们呼为真实。

我不应把它们呼为任何。

我应凝视它们，仅仅是凝视；

凝视它们直到无法思考它们，

凝视它们而忘却了地点、时辰，

凝视可以摒除一切，除了所见之物。

这便是看的科学，它全然不是一种科学。

1920.7.19

36

你告诉我：你是比一块石头或一株植物

更丰富的某种事物。

你告诉我：你感受，思考并且知道

你在感受，在思考。

石头写诗吗？

植物对世界有自己的观点吗？

是的：你们不同。

但不是你认为的那种不同。

因为拥有意识并不迫使我也拥有关于事物的理论；

它仅仅使我成为一个有意识的人。

我比一块石头或一株植物更多吗？我不知道。

我是不同的。我不知道何为更少或更多。

拥有意识比拥有色彩更高级吗？

也许是，也许不是。

我认为它仅仅只是不同。

没人能证实这比不同还多出些什么。

我知晓石头是真实的，而植物存在。

我知晓这一点因为它们存在着。

我知晓这一点因为我的感官向我展示。

我知晓我亦是真实的。

我知晓这一点因为我的感官向我展示，

虽然不如展示石头或植物时那么清晰。

除此之外，我不知晓任何。

是的，我写诗，石头不写。

是的，我拥有对世界的看法，而植物没有。

然而石头并非诗人，而是石头；

植物也仅是植物，不是智者。

我既可以说我因此比它们优越，

也可以说因此较它们低等。

但我不这么说。当我说起石头，"那是块石头"，

说起植物，"那是株植物"，

说起我自己，"我是我"。

除此无他。除此还有什么可被言说？

1922. 6. 5

37

据说，每一个事物里都隐藏着另一个事物。

是的，是它她不隐蔽的自身

居住在自身当中。

但我，拥有意识、感觉和思考，

我也和事物一样吗？

在我当中，有什么多了或者少了？

若我仅仅是我的身体，那将幸福而美好——

但我也是其他的东西，比子然一身多一点或少一点。

我是更多或更少的什么？

风蒙昧无识地吹拂。

植物蒙昧无识地生长。

我也蒙昧无识地活着，但我知晓我活着。

但我知晓我活着，还是仅仅知晓我的知晓？

因了我无法操控的命运，我诞生、生活、死亡，

因了外在于我的力量，我感受、思索、行动。

我究竟是谁？

我是身体和灵魂，某种内在之物的外在形式？

或者，我的灵魂是一种来自宇宙之力的

对我的身体不同于其他身体的意识？

万物的川流中哪里是我的位置？

我的身体已经湮灭，

我的头脑已然损毁，

在抽象的、不具个性、没有形状的意识里，

已感觉不到我之为我，

已无法以头脑思索我以为属于我的那些观念，

已不能根据我的意愿移动我使其移动的双手。

就这样完结吗？我不知道。

若必须这样完结，为此而抱憾

并不会让我变得不朽。

1922. 6. 5

38

为了眺望原野和河流

掀开窗是不够的。

为了凝视树木和花朵

眼不瞎也是不够的。

同样必需的是不信仰任何哲学。

在哲学里没有树：只有观念。

只有我们中的每一个，如同一间地下室。

只有一扇紧闭的窗户，而整个世界关在外面；

以及一个设若窗户打开能看见什么的梦境，

而它绝不是窗户掀开之后真正的所见。

1923.4

39

你说起文明，说起它不应存在，

或者不应如此这般。

你说所有人都在受苦，或者所有人中的大部分，

因了以现行方式安置的人类事务。

你说若一切不同，苦难会减轻。

你说若一切如你所愿，世界会变得更好。

我倾听但并未听见。

为什么我想要我听见？

听见你但却什么也弄不明白。

若一切与此刻不同，那便将不同：不过如此。

若一切如你所愿，那便将仅仅如你所愿。

太可惜了，你和所有活着的人们

试图发明一种机器，用于制造幸福！

40

今日我很早出门，

因为我醒来得甚至更早

却又没有想做的事……

我不知该走哪条路

但风刮得强劲，

我沿着风推动脊背的方向走。

我的人生总是如此，我亦希望永远如此——

我走向风带我去的地方，不假思索。

1930.6.13

41

明天以后雷雨的第一丝预兆，

最初的云朵，莹白地、低垂在昏惨惨的天空。

明天以后的雷雨？

我确信，但确信是一个谎言。

心怀确信就是没有在看。

明天以后并不存在。

存在的是这些：

湛蓝的天空泛出些许棕黄，几团白云停驻在地平线，

底边带着灰暗的修饰，仿佛随即会变得黢黑。

这就是今天，

由于眼下今天就是一切，这也就是一切。

谁知道明天以后我会否死去？

若我在明天以后死去，明天以后的雷雨

与我未死时相比将是另一场雷雨。

我很知道雷雨并不从我的视野里降下，

但若我不再存在于世，世界将变得不同——

将不再有我——

而雷雨将降落在一个不同的世界，不再是同一场雨。

无论如何，该降下的仍将适时降下。

1930. 7. 10

42

致里卡尔多 · 雷耶斯

我也懂得猜想。

每个事物里都有一个活力之源。

在植物当中，它存在于外部，是一只娇小的宁芙。

在动物当中，它是一个深远的内在存在。

在人当中则是灵魂，它与人共存并就是人本身。

在神祇当中，它与身体拥有相同的

体积和空间

它与身体是同一事物。

因此据说神祇从不死亡。

因此神祇并不同时拥有身体和灵魂，

而是只有身体，并因此而完美。

身体就是他们的灵魂

他们神圣的肉体具有意识。

1922. 5. 7

43

（诗人去世那一天的口述）

许是我生命最后的时日。

我向太阳致意，抬起右手，

但我没有向它致意，对它说再会。

我仅示意看见它不胜愉悦，除此无他。

图书在版编目（CIP）数据

诞生在世界的新奇中：费尔南多·佩索阿诗选 卡埃罗卷 /（葡）费尔南多·佩索阿著；黄茜译 . -- 北京：作家出版社，2023.9

ISBN 978 - 7 - 5212 - 1911 - 1

Ⅰ.①诞… Ⅱ.①费… ②黄… Ⅲ.①诗集 – 葡萄牙 – 现代 Ⅳ.① I552.25

中国版本图书馆 CIP 数据核字（2022）第 084398 号

诞生在世界的新奇中：费尔南多·佩索阿诗选 卡埃罗卷

作　　者：（葡）费尔南多·佩索阿
译　　者：黄　茜
责任编辑：赵　超
助理编辑：孙玉琪
封面设计：吴元瑛
出版发行：作家出版社有限公司
社　　址：北京农展馆南里 10 号　　　邮　　编：100125
电话传真：86 - 10 - 65067186（发行中心及邮购部）
　　　　　86 - 10 - 65004079（总编室）
E - mail: zuojia@zuojia.net.cn
http://www.zuojiachubanshe.com
印　　刷：中煤（北京）印务有限公司
成品尺寸：130 × 210
字　　数：27 千
印　　张：4.875
版　　次：2023 年 9 月第 1 版
印　　次：2023 年 9 月第 1 次印刷
ISBN 978 - 7 - 5212 - 1911 - 1
定　　价：39.00 元